KB142389

시는 세월을 그리다

이문익 시집

시는 세월을 그리다

2022년 10월 31일 제 1판 인쇄 발행

지 은 이 | 이문익
펴 낸 이 | 박종래
펴 낸 곳 | 도서출판 명성서림

등록번호 | 301-2014-013
주　　소 | 04552 서울시 중구 삼일대로8길 17 3~4층(충무로 2가)
대표전화 | 02)2277-2800
팩　　스 | 02)2277-8945
이 메 일 | ms8944@chol.com

값 12,000원
ISBN 979-11-92487-70-0

시는 세월을 그리다

이문익 시집

도서출판 명성서림

책을 내면서

노을이 흐르는 낙동강변, 갈밭을 스쳐가는 숱한 이야기들이 바람에 사각거리면 석양에 물든 긴 그림자는 지난 시간을 좇아 사색에 젖은 채 시공을 건너 바람 속으로 걸어간다.

어딘지 알 수 없는 낯선 곳을 이방인처럼 배회하다가 문득 하늘을 올려다보니 빛을 잃어가는 그믐달이 물끄러미 나를 내려다보고 있다.

군중 속에서 고독을 느끼는 건 바람에 흔들리는 갈대이기 때문일까?

인생의 여정에서 마주한 숱한 만남 속에서 스쳐간 시간과 기억들을 하나, 둘 긁어모아 한 권의 책을 펴낼 수 있음에 고맙고 감사하는 마음 가득 담았다.

부족하지만 제 짧은 글이 독자들의 마른 가슴에 들꽃처럼 피어, 미소한 향기로 지난 시간들을 유추해보고, 앞으로 나갈 모난 길 모퉁이에서 잠깐 쉬어갈 수 있는 빈 의자가 되었으면 하는 바람으로 글을 모아 책을 냅니다.

많은 독자님들의 따끔한 질책과 성원과 격려를 바랍니다.

책을 펴 낼 수 있도록 힘과 용기를 주신 많은 분들과 도움을 주신 명성서림 관계자 분들, 그리고 옆에서 묵묵히 마음을 보태준 아내에게도 고맙고 감사한 마음 전하면서 언제나 가슴 깊은 곳에 함께 계시는 어머니~~!!! 불효한 자식이 어머니 영전에 이 책을 올립니다.

2022 깊어가는 가을

이문익

1부
시는 세월을 그리다

2부

그대를 만나고 싶다

3부
아카시아 향기는 바람에 날리고

4부
네 기억 속에 걸터앉아

5부
이제 네 즉흥곡에 현혹되지 않는다

1부

시는 세월을 그리다

자작나무 숲에는

그대는 바람인가 보오
하얀 자작나무 숲에 들어서면
그대가 부르는 노래 소리가 들린다오

이름 모를 들꽃도
높푸른 가지 끝에 빛나는 초록도
그대의 소연蕭然한* 향기 이지요

눈부시게 빛나는
청자빛 하늘을 유영하는 흰구름은
그댈 향한 그리움 인가요

자작나무 숲 갈림길에는
늘 그대가 있어
고요히 사색의 발길을 내딛지요

그대 생각이 머물다간
자작나무 숲에는
가지 끝에 걸린 낮달이 여위어 가고

어스름 내리는
희미해진 기억의 사슬에는
자욱한 운해의 바다만 넘실거립니다.

*소연한 : 호젓하고 쓸쓸한

가을 하늘

다소니 그리는 마음
잠 못 이루다가
설핏설핏 노루잠 속으로
살포시 왔다 가버린 그미 그림자

은가람에
윤슬처럼 흐르는 지난 날 이야기

애움길 너머
해거름에 꽃노을 피는 하늘 멀리
가을을 타는 참붉이 가슴

번놓고 맴도는
고추잠자리 나래에 띄워 보내고

늘솔길 거닐던
구름발치 너머로 멀어져간
가나른 하얀 얼굴
시나브로 다가오는 그미의 해맑은 하늘

*순 우리말로 쓴 글입니다.

격랑의 세월

알 수 없는 내일은
긴 꼬리를 달고 어두운 터널을 향하는데
격랑의 세월을 지고 가는
반복되는 일상은
충혈 된 눈으로 또 하루를 꿰맨다

등이 휠 것 같은 고난의 시간
뿔난 코로나가 나목의 빈 가슴을 짓눌러도
꺼지지 않는 염원 하나
에덴의 동산마루에
빛을 따다 담을 한 그루 사과나무를 심는다

어둠에 떠밀려
넋을 잃고 벼랑 끝에 서 있던 그믐밤은
다시 말간 새벽을 토해내고
지치고 목마른 허기진 가슴, 가슴은
혹한을 딛고 여명의 새날을 잉태하겠지

빛을 잃은 초원도
푸른 별로 초록의 무성한 탑을 쌓아
혈루血淚에 젖은 하늘이 열리고
사계四季의 오선지엔 바람과 구름이 숨을 키우고

시는 세월을 그리다

주홍빛 노을이
낮게 흐르는 강가에
회상에 젖은 바람이 불어오면
붉게 물든 하늘은
노을이 빚어낸 눈부신 오선지에
세월이라는 악보를 그리고
바람은 쪽배를 타고
비켜 가버린 세월 속 나목에 앉아
바이올린 연주를 하지만
시린 눈밭에서
눈萌을 키우는 산 목련처럼
잠자던 시어들은
서걱거리는 갈밭에서 꿈을 키우고
시는,
세월의 뜨락에 흔적을 모아
뒹구는 낙엽에 그리움 엮어 세월을 그린다.

빈 의자

네 체온이 묻어날 것 같은
빛바랜 빈 의자에는
나른한 햇살이 졸고 있고
서산 노을에 가슴이 젖은 바람
빈 의자에 비켜 앉아
회상의 먼 바다에 잠들면
수은등 불빛 피어나는
어스름 강변에는
풀벌레 소리 맑은 은하수를 이루고
깊어가는 소설한 밤
윤슬 따라 흔들리는 갈꽃 향기
사방이 가을로 가득한데
갈 곳 잃은 고즈넉한 달빛
빈 의자에 기댄 채
검푸른 강만 하염없이 바라보는구나

길 잃은 바람

회상의 강가에 흔들리는 내 영혼
말간 하늘에 그리움 엮어
네 이름 부르면
강물이 소리 내 흐르고
눈꽃처럼 네 모습 가슴에 핀다

하얗게 얼어붙은 기억 저 깊은 곳에는
만년설처럼 빙하가 흐르고
그날에 멈춰버린 생각의 조각들
숱한 별이 되어 쌓여 가는데

길 잃은 바람 어둠을 부여안고
어서가자고 밤을 재촉하면
오래 전 지워버린 창백한 네 이름 석 자
알 수 없는 여로에서 꿈을 꾼다.

칠월칠석

은하수
푸른 강가엔
견우의 한숨 가득하고
하염없는 직녀의 통곡은
강물로 흐르네
일 년 삼백예순날
마르지 않는 눈물바다에
단 하루
오작교 다리 놓아
견우직녀 만나는 날
무심한 하늘에는
짓궂은 비 추적추적 내리는 구나

강은

강은
질곡의 세월 껴입고
긴 침묵의 시간 베고 누워
서린 햇살에 꿈을 싣고
이 산, 저 산 골짜기를 돌고 돌아
알 수 없는 내일을 향해 덧없이 흘러간다

강은
어머니 가슴을 닮은
끝없는 수평선 아득히 멀리
망각으로 다져진 바다를 향하지만
바람이 낸 미로에서
서걱대는 갈대들의 목울음에
슬픈 곡조를 붙여 한의 노래를 부른다

강은
노을이 피는 하늘가에
정처 없이 떠가는
한 줌 구름과 먼 산을 안고

그저 묵묵히 바람에 기대서서
오래전 잃어버린 시간을 돌아보고 있다

그렇게
어둠이 짙게 깔리는 밤이면
가슴에 커튼을 열고
직녀성을 바라보는 견우가 되어
밤하늘을 배회하다가
그리움 품은 가슴에 푸른 시 한 그루 심는다.

견우와 직녀

견우와 천녀天女*처럼
잠깐 스치고 지나가는
무심한 바람이어도 좋겠습니다

그 바람에
노을에 젖은 마음을 엮어
어스름 달빛에 걸어 두겠습니다

바람이 몹시 불던 날
처연히 뒷모습 남기고 떠난 직녀는
한 줄기 바람인줄 알았는데

이렇게
가슴에 깊은 강물로 흐를 줄은
정녕 왜 몰랐을까요

강물이 모두 마르고
견우성이 강물에 떨어지는 날

안개 적삼 걸치고
소등에 앉아 피리 불면서
꽃을 든 직녀를 만나러 가겠습니다.

*천녀 : 거문고자리에서 가장 밝은 별

그리움

빛에 찌든 삐쩍 마른 어둠을 개고
하얗게 쉰 세월의 저 강에
저린 가슴 풀어놓으면
해빙기
질퍽이는 비탈길에서 봉합한 시간들이
눈에 녹아내린다

겨울이 남아있는
잿빛 하늘이 낮게 흐르는 강에는
낡은 허주虛船*에 기러기 울음만 쌓여가고
뒤듬바리 걸음으로 쫓아온 날들은
뒷짐을 진 채 돌아서 있구나

스산한 계절 사이로
회색 바람이 불어오던 날
낙동강 모래톱에 묻은 상념의 뿌리가
어지럽게 자란 강변에는
갈밭을 배회하는 바람이 생각을 여미고 간다.

*허주虛船 : 짐이나 사람을 싣거나 태우지 아니한 빈 배

해후

자욱하던 들꽃 향기
퇴색된 시간만 허공에 걸어놓고
자취도 없이 사라져 갔다

검푸른 강물에
비단결 수를 놓던 달빛마저
북풍한설에 기약 없이 멀어져 갔다

길을 잃어버린 밤
생각이 쌓여 공중누각이 된 조각들
모래성처럼 무너져 내린다

버겁게 지고 온 내 긴 그림자 벗고
목에 걸린 가시도 뱉고
우물 속 가물거리는 미소 두레박에 담아

일엽편주에 노를 저어
거친 풍랑, 주름진 세월 건너
한운야학처럼 정결한 모시옷 갈아입고

해무 자욱한 은하수 강 건너서
유유자적한 달빛처럼
네 그림자 감싸 안고 한가로이 거닐고 싶다.

향수

단풍 향기
무심하게 강물에 흐르고
푸른 하늘엔
바람도 구름을 안고
산 넘고 강 건너 들판을 지나
정처 없이 흘러가는데

일렁이는 기억 너머로
갈꽃이 춤추는 해거름 들녘에서
동무들과 어울려
소 치며 꼴 베고 놀던
사금파리 같은 갈색 향수와
유년의 시간이 겹쳐
잔잔하게 파문이 쌓여만 간다

하교 길
십오 리 굽은 신작로를
뛰다가 걷다가
징금 다리 개울가에

책 보따리 던져 놓고
피라미를 잡고 놀던 소년이
어느새
가슴 한 곳이 비어버린
서리가 내리는 중년이 되어 서 있다.

어머니

모태의 고향이신 당신은
쓰디쓴 인고의 모질고 긴 세월을
오직 자식만을 위해
무거운 짐 가슴에 지고오신
밤하늘을 밝히는 이름 없는 별입니다

언제나 부드러운 음성에
온화하신 성품
들꽃처럼 소박하면서
단아한 기품이 넘치셨던 그 모습

어머니 당신은
세상에서 가장 정답고 소중한 이름 입니다

생각만 하여도 사무치는 그리움에
금 새 눈시울이 붉어지고
한없는 회한으로
생전에 불효한 이 못난 자식이
어머니 영전에 꿇어 엎드려 용서를 구합니다

어머니~~!

오늘 같이
가슴에 바람이 숭숭 부는 날이면
화를 내실 줄 모르는
당신의 자상하신 그 모습이
가슴 절절이 애타게 그리워 눈가에 이슬 맺힙니다.

달은 아직 그 달이다

어릴 적
내 가슴에 걸린
앞산마루의 누런 보름달도
지금,
빌딩 숲에 갇혀있는
희멀건 저 달도, 달은 아직 그 달이다

모깃불 피워놓고
가물거리는 호롱불에
멍석에 둘러 앉아
외할아버지, 외할머니의
아득한 전설傳設이 몇 차례 돌아
뒷산에 여우가 울면
어머니 품을 파고들어 잠들곤 했지

달은 마당으로 들어와
근심어린 눈으로 날 바라보시던
어머니 어깨를 토닥여 줬을
달은 아직 그 달인데
자상하신 그 음성 그 모습 달무리에 어린다.

눈 내리는 밤

함박눈이
이렇게 내리는 밤이면
나는 철부지 소년이 되어
하얀 들판을 지나
유년시절 동무들과 천렵을 즐겼던
꽁꽁 얼어붙은 시냇물
징금 다리를 건너
부엉이 우는
눈 덮인 적막한 산길을
마냥 거닐고 싶다
저 멀리서 미소 지며
날 기다리고 있는 너에게로
하얗게 눈사람이 되어 돌아가고 싶다.

눈꽃

한 옛날처럼
대지가 티 없이 순결 하듯
하늘 가득
휘날리는 눈발이 한 폭의 산수화로
동심의 세상을 펼쳐놓는다

고해의 바다에서 빛을 잃고
신음하던 대지는
태곳적 순수의 설원을 꿈꾸며
깊은 상념에 젖어가고
허리가 휜 매화 주름진 검은 가지엔
목련꽃보다 더 탐스러운 천상의 꽃이 핀다

잔설처럼 희끗희끗해진 머리와
야윈 가슴에도 꽃은 피고
눈 속에
묻어버린 지난 시간이
오버랩 되어 눈꽃으로 피어나면
산골 오두막에
전설이 도란도란 익어가고
여우가 캥캥 우는 소리가 들려올 것만 같다.

2부

그대를 만나고 싶다

바람 부는 그 곳에서

앞이 보이지 않는 자욱한 안개
벼랑 끝에서 바람이 불어와
하늘이 차츰 열리면

세파에 할퀴고
이념의 창에 무참히 찔린
무너진 가슴, 가슴을 하나로 모아

빛을 잃은 대지에
간절한 소망의 씨를 뿌려
기억의 곳간에 다시
연둣빛 꿈을 소담스레 피워 보자

밤을 태우는
촛불의 눈물도, 비애도 없는

흰 구름 산마루를 넘고
보리밭 푸른 물결
늘 가슴에 일렁이는 바람 부는 그 곳에서

추석

캔버스에
코발트빛 하늘과
한가로이 산을 넘는 흰 구름을 담아
뒷동산에서 뛰어놀던
어릴 적 고향 풍경을 그려보자

꼴 베고 콩서리 하던
코흘리개 동무들도 부르고
마당에 둘러 앉아
음식 만드시던 어머니와 외할머니,
그리운 이들도 모두 모시어

초가 위로 두둥실 떠오르는
보름달을 바라보며
동동주 한 사발로 회포를 풀면서
밤이 이슥토록 옛 이야기꽃을 피워보자

무상無常의 시

뇌리 속을 거니는
어슴푸레한 생각을 데리고
그 날처럼 너와 함께
솔향기 흔들리는 오솔길을
꾀꼬리 애가愛歌 따라 사색에 젖어 가면
꽃들의 향연이 짙어가는
초하의 풀빛 향기가 가슴에 탑을 쌓는다

길가에 앉은
고즈넉한 적막이 발길에 채이고
서산마루 햇살 한줌이
눈가에 부스스 흩어져 날리는데
나와 동행하는 너는
동천冬天을 가슴에 담았는지
허공을 휘젓는 바람소리만 흘리는구나

엊그제 같은 그날처럼
심연을 흔드는 젖은 기억들이
허우적거리는 가슴을 휘젓고 가지만

퇴색되어 버린 회상의 바다엔
파도가 휩쓸고 간 시간들만 빈 가지에
그렁그렁 매달려 있구나

벼랑 끝에 서서
몰아치는 비바람에 넋을 놓고
진홍빛 가슴, 서린 아픔 토하지 못한 채
돌아서야만 했던 그 어느 날
네 맑은 눈가에 핀
지울 수 없는 이슬방울, 방울이
잃어버린 내 야윈 가슴에 무상의 시를 쓴다.

그대를 만나고 싶다

그대 손을 잡으면
봄 햇살 같이 따스한 정이
새롭게 피어나고
가늘게 떨리는 손끝으로
그대 마음이 전율처럼 느껴 질 거야

오랜 그리움과 못 다한 사연
애태우던 기다림은
환희의 꽃으로 피어나겠지

그리운 사람아 이제 우리
막연하게 시린 가슴은
흐르는 세월의 저 강에 띄우고

잃어버린 우리의 시간도
어깨에 기댄 시름도, 황혼의 애수도
모두 다 훌훌 벗어버리고

노을 지는 강변 카페에 마주 앉아
커피 향을 나누면서
그저 가끔 바라만 봐도
좋을 사람으로 그렇게 그대를 만나고 싶다.

그리움은 노을처럼

너와 함께 무수히 거닐었던
호수 같은 강변 저 멀리
붉은 노을이 피면

하늘은 온통 그리움으로 물들어 가고
보에 물소리 네 맑은 웃음처럼
귓전을 맴돌아 흐른다

어둑어둑 땅거미 가슴에 내리고
상현달빛 물에 어리면

부서지는 은파, 애절한 시가 되어
강물을 적시며 노래를 하고

네 체온이 남아있는
내 가슴에는 그리움이 노을처럼 핀다.

희姬야

내 이름 기억하고 있을까
아득한 세월 따라
벌써 까맣게 잊어버렸을 거야

수 십 년이
훌쩍 지나 가 버렸는데
그래도 가슴에 품고 있을지 몰라

바람이 불고
그리움이 여울지는 날이면
내 생각에 잠겨 있지는 않을까

어느 하늘 아래서
아무 탈 없이 행복하게
잘 살고 있기를 바라고 있겠지

지금 만나면 그 모습이
조금은 남아 있을까
한 눈에 알아볼 수는 있는 걸까

피안의 언덕 넘기 전에
꿈꾸어 온 해후가 이루어질까

하루 또 하루가 살 같아
가슴엔 바람이 불고
귓가엔 휑한 소리만 스쳐 가는데

알바트로스

세월이 깎아놓고
만들어 놓은 깊이만큼
다시 또 다시
인고의 시간을 견뎌야 할지라도
내 기억 속에
오랫동안 각인되어온
돌아서는 너의 슬픈 뒷모습
흩어 진 가슴에 안고
나는 오늘도
천리만리 하늘을 나는
알바트로스처럼
아득히 먼 하늘을 돌고, 돌아
어느 벼랑 끝에서
널 다시 만날 수 있다면
설키고 엉킨 가슴은
네 환희의 뜨거운 눈물에 젖은 채
목마른 너의 가슴에 스러져
아득히 멀어져 가버린
못 다한 인연 모두 내려놓아도 좋으련만

새벽 강

여명이 물안개처럼
어둠을 입고 피어나는 시간

새벽 강
오래전 그 고요 속에 묻어두었던
기억 먼 곳에 낡은 기다림

눈비와 바람, 안개
그 속에서 마주한 꽃들의 향연

노을에 젖은 산발한 가슴,
황토 빛 내밀한 속살에 어린 반영
서리꽃 피는 갈밭의 상념...

한 줄기
얼굴을 할퀴는 바람에
잠시 빛바랜 영상이 허물어지면

발가벗은
미루나무 우듬지엔
햇살 한 줌이 바람에 일렁인다.

그리움 1

내 가슴엔
삼단같이 넘실거리는
보리밭의 초록 물결이 일렁인다

그곳에는
긴 머릿결을 흩날리며
고운 미소를 짓던
소녀가 나를 바라보며 웃고 있고

푸른 하늘에는
두둥실 떠가는 흰 구름이
멀리 높은 산을 한가로이 넘는다

보리밭 샛길 따라
재잘거리는 도랑에 손을 담그면

마음은 어느새
사춘기 소년으로 돌아가

어릴 적 동무들이 여기저기서
숨바꼭질 하듯 달려 나와 동심에 젖는다

내 가슴엔
노을 지는 황혼녘에
산과 들판을 가로지르며
금빛 햇살을 머금고
여울지는 시냇물이 노래하며 흐른다

그 시냇가에 앉아
조약돌로 물수제비를 만들면
함박웃음을 웃던 소녀가
금방이라도 달려 나올 것 같은데

어둠이 내리는 냇가엔
고즈넉한 그리움이
미루나무 가지 끝에 앉아 바람에 흔들린다.

낙동강

넌
언제나 그 자리에서
새 옷 갈아입고
수줍은 듯 날 기다리고 있는데
그대는 어찌
긴 그림자 드리운 채
서산 노을처럼
저리도 강물을 붉게 물들게 하오

해 저문 강변에는
옷깃을 여미는 바람에
가을이 우수수 흩어져 날리고
어스름 내리는 둑 방 길에
그믐밤은 깊어만 가고
풀벌레 소리 강물을 적시는데
그대는 어찌하여
내 여린 시심詩心에 숨어 울고 있는가

낙동강 만추

노을에 젖은 황혼이
어슴푸레 꽃 가람 물들이면
소국의 짙은 향기 물결에 흔들리고
갈잎 발자국 따라 흐르는
만추의 공허함이
바람도 없는데 파문을 일으킨다

회상의 길목에 서성이던 가을은
갈잎 나룻배를 타고
낯선 시침 따라 길을 떠나고
일렁이는 적막 속
달빛에 젖은 갈색 그림자
스며드는 한기에 옷깃을 세운다

뒤돌아보면
신기루 같은 지난날들
스러져가는 산 그림자에 묻고
별이 피는 강물에
노란 장미의 미소 지우며
낙엽 쌓인 시간 속으로 걸어가고 있다

당신은 행복한 사람

캄캄한 어둠 속에서
길을 잃고 홀로 방황할 때
촛불 들고 마중 나오시는 분 계심을
당신은 아시는지요

삶의 고달픈 여로에서
지치고 힘들 때
어깨를 짓누르는 무거운 짐
묵묵히 함께 지고 가시는 분 계심을
당신은 아시나요

사랑에 굶주려
텅 빈 가슴 안고 홀로 울 때
등 뒤에서 가만히 안아 주시는 분 계심을
당신은 느낄 수 있나요

가파른 언덕에서 넘어져 모든 것 잃고
삶을 포기고 싶을 때

손잡아 일으켜 주시는 분 계심을
당신은 알고 있나요

보이지 않는 곳에서
당신을 위해 항상 기도하시는 분 계심에
당신은 고난을 딛고 일어설 수 있는
진정 행복한 사람입니다.

9월이 오면

9월의 노래가
우리 가슴에 응고된 창을 열고
가을의 깊은 서정으로 곱게 물들여 가는
노을이었으면 좋겠습니다

정체된 낙동강
녹조에 물든 역겨움도 싱그러운 바람이
깊은 계곡에 맑게 흐르는
여울물처럼 헹궈 내면 좋겠습니다

9월에는
초립 쓴 홍길동이 홀연히 나타나
우리 모두가 꿈꾸는
이 땅에 율도국을 세우면 좋겠습니다

이념의 틀에 갇힌
잠재된 감정의 깊은 골을
청량한 바람이 흔적도 없이 씻어내고

목마른 대지에
한 줄기 시원한 빗소리처럼
어두운 하늘이 열리고
바람이 노래하는 소박한 9월이 오면 좋겠습니다.

10월에는

10월에는
오염되지 않은 청량한 바람이
가슴을 적시게 하시고
황금빛 들녘의 풍성함을 가득 안게 하소서

온갖 상처가 머물다간 자리마다
부드러운 햇살로 어루만져 아물게 하시고
새로운 날들로 가슴 부풀게 하소서

눈과 귀를 씻지 않게
말과 행동이 하나 되게 하시고

우리 어버이들의 땀과 혼이 가득 베인
곡창지역의 드넓은 평야와
울창한 숲이 미명의 이름으로
이제 더 이상 훼손되지 않게 하소서

10월에는
가슴에 앙금을 모두 씻어내고

하루, 하루가 새 하늘을 여는 개천절이 되어
이 땅에 모든 갈등이 종식되고
선한 웃음소리가 봇물처럼 넘쳐흐르게 하소서

그리고
이 땅에 모든 산과 들은
해묵은 어둠을 말끔히 벗어버리고
봄비를 기다리는 농부처럼
푸른 빗줄기에 모두 흠뻑 젖게 하시고

누구나 자유로운 환경에서
내일을 설계하고 꿈꾸는 개여울이
메말랐던 가슴에 고요히 여울져 흐르게 하소서

굴레

끊어진 난간에
비켜간 세월 걸어놓고
빈 들을 수탈收奪하는 허기진 바람
밤 새
허수아비의 가슴 할퀴어도
미로 같은 여로에
허물처럼 쌓아 놓은 기억마저 벗고
물 따라 세월 따라 흘러
강물에 서린 달빛도
덧없이 흘러, 흘러서 가는데
사문진 옛 나루터에는
비우지 못해 떠나지 못하는
기러기 울음소리가 공허한 굴레를 깨운다.

설연화雪蓮花

눈 속에 핀
상큼한 미소하나
꽁꽁 얼어붙은 대지를 녹이고
싱그러운 향기로
한 줄기 따뜻한 시詩를
시린 가슴, 가슴에 꽃피워
고달픈 여로에
질그릇 같은 투박한 온기로
한 줌 금빛 햇살가루를
온 세상 가득 환하게 뿌려 놓았다.

3부

아카시아 향기는 바람에 날리고

봄이 오는 소리

빗소리
봄이 오는 소리
귀 기울여 들어보면
냇가에
버들강아지 물오르는 소리
옆집 순이
수줍은 첫사랑에
콩닥콩닥 가슴 뛰는 소리
달 밝은 밤
강 건너 물레방앗간
소곤소곤 속삭이는 소리
낼, 모레
시집가는 꽃분이 콧노래 소리,
뒷집 노총각 잠 못 이루는 한숨 소리

봄이 오면

시린 하늘에
헤진 가슴
말끔히 헹궈 걸어놓고
봄바람
어둠을 걷고
고양이처럼 살금살금 걸어오면
휘파람 소리
가지 끝에 맴도는
강가에서 기다릴 거야
유채꽃 닮은
향기로운 미소가
연록을 한 아름 안고 달려오기를

들꽃

어둠 속에서
싸늘한 눈보라와
꽃샘추위를 견뎌내고
양지에서 환하게 웃고 있는
가녀린 들꽃 한 송이

세상을 향해
가슴을 활짝 열고
상큼한 향기를 뿜어내는
미소한 너의 소박한 아름다움은
작은 십자가의 맑은 향기

목련

겨우내 시린 가슴 안고
눈보라 휘몰아쳐도
임 향한 그리움 오롯이 키워

상아빛 순정
순백의 맑은 입술,
떨리는 가슴 수줍게 연 너는

가느다란 햇살에
부푼 가슴 살며시 풀어놓은
숨겨 논 봄의 요정인가

싸늘한 꽃바람 속에
하얀 미소를 짓는
정숙한 여인네의 순결한 영혼인가

우아한 너의 모습에
바람도 가지에 앉아 쉬어가고
너의 고운 자태에 내 마음 두고 간다

산사에 봄

고즈넉한
산사에 피는 봄이
향기가 더 짙고 아름답구나
고운 향기 속에 어리는
그리움 짙어 가면
수시로 변하는 바람에
상념에 젖은 구름 실어 띄우고
풍경 소리에
마음의 눈을 감고
먼 하늘에 그리움 내려놓지만
바다를 그리는
삐쩍 마른 목어처럼
가슴에 남은 잔상 오늘도 지운다.

*어느 여승의 생을 유추類推해서 쓴 글입니다.

냉이

지난겨울
싸늘한 눈밭에서
봄을 꿈꾸며
따스한 햇살 먹고 살 오른 너
혹여 끊어질까
조심스레 호미질 하여
하얀 속살 드러낸 널 쑤욱 뽑아 들면
짙은 네 싱그러운 향기에
봄을 캐는 가슴엔
아련한 향수가 일고
바구니 가득 풍성한 봄으로
네 빛깔 넘쳐 갈 때면
아낙네의 소박한 웃음소리가
양지바른 들녘에 아지랑이처럼 피어난다.

아카시아 향기는 바람에 날리고

아카시아
맑고 달콤한 향기는
오월의 신록 따라 흩날리고

내 마음에 핀
그리움의 하얀 꽃송이
아카시아 꽃잎처럼 바람에 날리네

아, 아
무심한 세월은 돛대도 삿대도 없이
구름에 달 가듯 흐르는데

가슴에 고인 깊고 푸른 이 그리움
낮달이 흐르는 강물에 띄우면

눈 감아도 일렁이는
내 안에 가득한 그 모습
아카시아 향기처럼 바람에 흩날리네

능소화凌霄花

수줍은 연모戀慕
주홍빛 순정 가슴에 숨긴 채
담장 너머로 오실
곱디고운 임
발자국 소리 귀 기울이다가
임 向한 마음으로
여린 초록 넝쿨손 담장 타고 올라
마디, 마디 그리움 피워놓고
오늘은 오시려 나
긴 세월 목을 빼고 기다리다 지쳐
주체할 수 없는 뜨거운 연정
인고忍苦로 승화시켜
마침내 툭 떨어지는
안타까운, 노을빛 붉게 타는 그리움

동백

모지랑이 가슴에
노란 장미의 붉은 유혹은
질투에 눈먼 어둠의 화신인 것을

그럼에도
매일 같이 달려오는
달빛에 젖은 무심한 그림자

환상의 늪에서
어둠의 옷 벗을 때까지
미로 속을 헤매도록 놓아두고

아무도 찾지 않는
얼어붙은 눈 속에서도
환하게 꽃 피우는 복수초처럼

시의 맑은 향기로
켜켜이 쌓인 어둠 걷고
모닥불 같은 온기 가슴에 지피겠소

가슴 저미는 동백의 낙화
아직도 지워지지 않는 네 향기

선홍빛 동백 뚝뚝 떨어지는 날
가는 길에 흩뿌려놓고
갈밭에 한줄기 바람처럼 스쳐 가겠소

갈대

강변
하얗게 핀
놀빛 애타는 그리움이
온 몸으로
소리 내 흐느껴 울다가
지친 가슴 다독여
동천冬天
싸늘한 바람에 춤추는 듯
하늘하늘
은빛 날개를 파닥여
고운 임 찾아
알 수 없는 낯 선 하늘을 향한다

갈대 1

이제
바람 불어도
소리 내 울지 않겠소

그저
바람 부는 대로
묵묵히 따라 가겠소

아니
은빛 날개에
그리움 싣고 날아가리다

가다가
힘들고 지치면
가지에 앉아 쉬어가겠소

눈비오고
가슴 시린 날이면
별들을 한 아름 품어 안겠소

그래도
외롭고 쓸쓸한 밤엔
모닥불 하나 가슴에 지피겠소

갈대 2

바람 소리
서늘한 가슴에 앉아
별빛 고요히 흐르는 강변

하얀 나래 펴
떠나는 널
먹먹히 지켜봐야 하는 마음

푸르렀던 기억들
모두 벗고
번뇌마저 벗어버리고

바람에 기대서서
별들의 눈물을
주섬주섬 가슴에 줏어 담는다

토고납신吐故納新

설화雪花 만발한
능선을 지고 가는 구름
안개 흐릿한 거울 속에서 마주한 바람
그 촌각寸刻에 기대선 채
긴 세월을 비켜 유랑하였지
숱한 발자국 속에서
매일같이 무엇을 잃고서야 잠이 드는
가난한 생각의 시간에 파묻혀
제각기 지고 온
부유물 같은 삶의 고뇌가
아픈 가시처럼 살 속을 파고들어도
고해의 깊고 검푸른 바다에
주름진 시간을 긁어모아
심곡心谷에 일렁이는 돛단배 하나
서천에 띄워 보내고
우화羽化로
빈 껍질은 허물처럼 벗어던지고
남겨진 시간위에
토고납신吐故納新*의 심정으로
새 하늘에 둥근 기둥을 세워 꿈을 짓는다.

*토고납신 : 옛일은 털어버리고 새로이 출발하는

빛이 된 사람들

풍전등화 같은
조국을 지키겠다는 일념 하나로
참혹한 핏빛 전장 속으로
한 치의 망설임도 없이 뛰어든 그들은
몸과 마음을 불살라 갔다

사랑하는 부모형제
처자식을 외로이 남겨 둔 채
어둡고 싸늘한 눈밭에서
피를 쏟으며 그렇게 산화되어 갔다

목마른 가슴, 삶에 뜨거운 욕망은
사랑하는 이들을 위해
빗발치는 총성과 포성에 묻어 둔 채

피에 젖은 단말마의 절규로
어두운 산과 골짜기에서
외로운 넋이 되어 스러져 갔다

그렇게 그들은
스스로 어둠 속으로 걸어 들어가
그 어둠을 밝히는 찬란한 빛이 되었다

포성이 멎은 지 오랜 지금도
봄이 되면 그들의 숭고한 넋이
두견이 우는 산골짝에서
철쭉으로 피어나 이 산하를 붉게 물들인다.

수繡

가슴 깊이
차마 지울 수 없는
애끊는 그리움 묻어두고
하루를 일 년 같이 지내온 긴긴 세월
뉘라서 그 아픔 다 알리오
창가에 일렁이는
달빛에 앉은 나무 그림자
쓸쓸히 텅 빈 가슴 파고들어와
동지섣달 기나긴 밤
잠 못 이루고 뒤척이다가
등불 밝혀
짓무른 눈가에 맺힌 그리움
한 올, 한 올 엮어
시리도록 저린 가슴에
임 기다리다가
툭 떨어지는 꽃, 능소화 수繡를 놓는다.

*어느 작가님의 생을 유추類推해서 쓴 글입니다.

진주성晉州城

연록이 짙어가는
4월의 고성엔 옛 숨결 묻어나고
유유히 흐르는 물길 따라
고운 임 자취 가슴 깊이 어려 온다

담쟁이 푸른 넝쿨
질곡의 세월을 휘어 감고
성 외곽
늘어선 황적색 순시 깃발
바람에 아우성치며 펄럭이는데

아 아~!
그날의 함성과 핏빛 절규는
그 어디에서도 찾을 수가 없구나

강변 기슭 유채 밭엔
가슴 저미는 한 맺힌 사연들이
나그네 발목을 부여잡지만

고난의 세월 말없이 지고 온
짙푸른 저 강물로 눈이 자꾸 가는구나

4부

네 기억 속에 걸터앉아

곶자왈

거울 같은 수평선 위로
코발트빛 하늘이
갑자기 시커먼 구름을 몰고 와
함박눈을 마구 흩뿌리면

초록이 무성한 숲에는
태곳적 신비가
환상적인 풍광을 펼쳐놓는다

노송과 기암괴석
절벽으로 둘러싸인 협곡엔
동그란 하늘이 열려있고

귀를 종긋 세운 노루
여린 눈망울과 마주칠 땐
숲 속 가득 환한 미소가 번져갔다

진홍빛 가슴 풀어헤친
동백의 순정 앞엔
바람도 잠시 허공을 맴돌다 갔고

자취를 감추었다던
점 박힌 풍란을 만났을 땐
가슴이 들꽃처럼 두근거렸다

이끼 낀 돌무덤 속
기구한 사연들이 소리 내 울면
돌무덤에 마음을 내어주고

향기로운 비자나무
남국의 짙푸른 정취에 취해
매혹적인 곶자왈 끝없는 향연에 젖는다.

여정旅程

뱃고동 소리
긴 여운만 남겨 놓고
하얗게 부서지는 포말을 일으키며
끝없는 수평선
인고의 풍랑 해치고 넘어
어둠이 내리는 날에도
북극성 마음에 지표를 삼아
먼 여로를 향해 쉼 없이 노를 저어 간다

아득히 먼
앞이 보이지 않는
안개 자욱한 미로 속에서
가던 길을 잃고 폭풍우를 만나면
숯덩이처럼 까맣게 타버린
조각난 가슴에
아물지 않은 시간을 묻고
누더기 된 돛을 눈물로 꿰메어 다시 새운다.

네 기억 속에 걸터앉아

낯선
교차로에서 방황하는
나를 되찾아
어둠에
익숙해져버린 나의 노래는
서풍에 실어 보내고
시원詩原의
맑고 푸른 바다에 덤벙 뛰어들어
하얗게 밀려왔다
부서지는 파도를 베고 누워
뭉게구름 피는 하늘을
붉게 물들이는 노을 속으로
하얀 돛단배 타고 유영하고 싶다

네 기억 속에 걸터앉아

눈사람

눈사람이
신록의 물결이 일렁이는
7월의 강가에 앉아
지나온 시간들을 줏어 모은다

눈보라 몰아치던 날
날카로운 고드름에 가슴이 찔려
그만 가슴의 반을 잃어버렸다

상처엔 새하얀 피가 흘러
온 세상을 설국의 한기로 뒤덮었고

숱한 하늘이 가고
바람이 오가던 생채기에도
다시 신기루처럼 햇살이 돋아났다

빙하의 계곡에
눈사람을 묶었던 시간들은
눈에 녹아 강물이 되어 흐르고

질곡의 강 건너
눈옷을 벗어버린 눈사람이
뜨거운 햇살에 하얗게 분화를 한다.

여수 밤바다

화려한 불빛에 취하고
달콤한 와인에 도취된 밤바다

일렁이는 물결에
오색 네온이 춤추는 마천루

유람선 뱃고동 소리
항구에 긴 여운을 남긴 채
수많은 빛의 발자국을 유혹하는 밤

환상적인 빛의 정취를
부서지는 검푸른 파도에 수놓아
밤의 풍경화를 그려놓는다

매혹적인 로맨스를 싣고
농염한 시간을 건너는 케이블카
여수밤바다의 낭만에 취해

빛의 향연에
엉키고 짓눌린 가슴을 벗고
군무하는 불나방처럼 뛰어드는 이방인들

유리성 같은 축제의 성을
반영 속 네온 불에 쌓아놓고
추억이 흐르는 여수 밤바다 노래를 부른다.

담양 문학 기행

멀리 호수가 내려 보이는
송강정에 오르니
등이 휜 노송 향기로 반겨주고

사미인곡, 속미인곡
아득한 시공을 초월하여
임 향한 충절과 묵향 가슴에 흐르네

발길을 돌려 제월봉 면앙정에서
멀리 승경*을 바라보니
유유자적 청풍명월과 벗한
선비의 청빈한 은일*이 부럽구나

그림자 쉬어가는 식영정에는
서하당의 정성 서려 있고

죽림 소쇄원 광풍각 계곡 물소리 따라
외나무다리 건너 제월당에 서니
뚫린 토담에 눈이 가드라

죽녹원 오솔길 스치는 바람 소리에
대꽃 같은 정절 가슴에 품는다.

*승경勝景 : 뛰어난 경치

*은일隱逸 : 세상을 피하여 숨음

운주사雲住寺

만추晩秋에
구름이 쉬어간다는 운주사에는
눈부신 코발트빛 하늘에
구름 한 점 없이 한적하기만 한데

초록이 남은 산사에는
낙엽에 앉은 고즈넉한 시름이
먼 회상의 시간을 거닐게 하는구나

긴 세월
풍상을 겪어온 탑들은
발길 닿는 이들의 소망을 들어주고

서편 구릉丘陵에는
천년 시공時空을 가슴에 안고
사바를 지고 온 와불臥佛 한 쌍이
시무외인*과 여원인*으로
묵묵히 긴 세월을 이고 누워있구나

먼 옛날
어느 고승의 예언처럼
자리를 훌훌 털고 벌떡 일어 설
그 날을 기다리는 듯
기다림의 미학을 배우라며 미소 짓는다.

*시무외인施無畏印 : 부처가 중생의 두려움을 없애기 위해 베푸는 인상印相

*여원인與願印 : 모든 중생의 소원을 이루어줌을 보이는 결인結印

허수아비

가을걷이 끝난
빈 들판에 홀로 서서
남루한 옷자락 펄럭이며
바람에 기대 선
가슴이 텅 빈 허수아비
하염없이 누구를 그렇게 기다리나

어스름 내려
그리움은 깊어 가고
강 건너 마을에 밥 짓는 연기
모락모락 피어오르면
가슴은 외로움에 흐느껴 운다

오늘도
여린 가슴 비워놓고
석양에 긴 그림자 드리운 채
잃어버린 시간 찾아
빛바랜 세월 되돌아보며
찬 서리 맞으며 지새울 밤을 떨고 서있다.

세월

묵묵히 흐르는
저 강물 그 모습 같아보여도
어제의 강물은 멀리 흘러가 버렸다

그 모습 그대로 변함없지만
네 안에 너는 변하였구나

흘러가는 저 강물
노을에 붉게 물들어 가는데

걸어온 길 되돌아보니
내 그림자 벗어놓고
새벽을 열던 그 곳에 내가 서있다

살 같은 세월
먼 길을 돌고, 돌아온
나는 지금 어디로 흘러가고 있는가

아름다운 이별

비우고 또 비워도
그 큰 아픔과
지울 수 없는 설움 어이하나
눈가에 맺힌 애수는
방울방울 슬픔으로 가득한데
만나고 또 헤어짐은
정해진 이치건만
이십 수년을 애지중지 키워
먼 이국땅으로
보내고 돌아오는 길은
마른하늘마저 슬피 우는구나
먼 훗날
어머니가 되어 만나는
재회의 벅찬 감동, 환희로 느끼리라

*어린 딸아이를 입양해서 키웠는데 이십 수년이 지나서야 미국에 친부모가 나타나 그 딸을 보내고 돌아오는 지인의 심정을 쓴 글입니다.

지리산

피아골 적시는
맑고 청아한 물소리
어둠을 걷고 새벽안개 깨우면
초록의 향기 안고 구름위에 오른다

가슴에 묻어 둔 언약
사성암에 새기고
노고단 전망대서 천왕봉 바라보니
운무에 가린 너의 미소 굵은 빗줄기에 젖는다.

깃발

가슴에 고여 있는
처마 끝에 낙숫물 소리
겨울강 건너 봄비에 녹아내리면
기억 언저리
모퉁이를 기웃거리며
비에 젖은 시간을 휘감았던 바람
밤을 베고 누워
마르지 않은 젖은 길 위로
멈춰버린 시간이 눈에 밟히는데
바람 따라 서성이다
세월의 노를 저어
낯선 곳으로 흘러간 그리움
갈밭을 거니는
희끄무레한 달빛에 앉아
무심한 깃발처럼 소리 내 펄럭인다.

상실의 바다

아득히 멀어져간
너의 창가에
촛불 하나 밝혀보지만

하늘은 두 쪽으로 갈라져
다시는 노래하지 않고
별들은 어둠의 바다에서 통곡을 한다

검은 바람은
숯덩이가 된 가슴을 마구 할 켜
단장에 피를 토하게 해도

돌아갈 수 없는
막다른 길에 넋 놓고 서서
찰나에 모든 것 다 앗아 가버린 바다

팽목항 모진 바람에
펄럭이는 노란 리본만 남겨 놓고
남은 기억 침묵의 바다에 모두 묻어야만 했다.

그대 생각

내 마음 조각배
은파에 그리움 싣고
그대라는 강물로 흘러갑니다

생각을 따라
달빛 호젓한 숲길을 지나
불 꺼진 그대 창가에 서있습니다

그리운 이여~!

오솔길 따라
솔밭사이로 별빛 내리고
실개천이 속살거리는
만추 속으로 함께 걸어가지 않을래요

우리 잃어버린 시간을 찾아서

다리를 놓자

어둠 속에 서성이고 있는
네게로 가기 위해
헤진 가슴, 가슴에 다리를 놓자

거센 태풍이 몰아쳐도
서로 오갈 수 있는
흔들리지 않는 다리를 놓자

편협 된 마음 모두 비우고
소통할 수 있도록
가슴, 가슴에 무지개다리를 놓자

세상이 빛을 잃고
우리를 갈라놓으려 해도
서로의 가슴에 모닥불 피울 수 있게

모닥불

바람 불고 비 오는 날이면
시간 여행자가 되어
네 흐릿한 기억 속으로 달려간다

노을빛 호수가 석양을 품고
그리움에 젖어 가면
네 안에 노을로 꽃을 피우고

앙금처럼 남아있는
네 묵은 슬픔도
생의 고비서 맞는 비애마저도
내 가난한 어깨에 올려놓고 싶다

긴긴 겨울밤
가슴에 모닥불 피워놓고
지친 네 영혼 가만히 감싸 안아주고 싶다.

5부

이제 네 즉흥곡에 현혹되지 않는다

마라톤

마음에 굳은 다짐을 하고
벅찬 가슴으로
출발선을 힘차게 달려 나간다

현기증 나는
반환점을 돌아서면
온 몸에 느껴지는 극한의 고통

주저앉고 싶은 가슴안고
무거운 발걸음 한 발, 또 한 발

몸과 마음 다하여
역경의 우리네 인생처럼
아득히 먼 결승점을 향해 달린다

뛰는 말에 채찍을 가하듯
마음에 고삐를 당겨도
현기증 나는 비틀거리는 갈등

쿵쾅, 쿵쾅
터질 것 같은 심장 안고
마지막 가파른 고지를 향하면

귓가에 흐르는 갈채와 함성
희열을 안고 가픈 숨 크게 몰아쉰다.

별

애수처럼 흐르는
내 안에 깊고 푸른 강가엔
꽃의 향연과
차창을 두드리며
가슴을 적셔주던 빗소리
아직도
그 날처럼 가득도 한데
함께 노래했던 숱한 세월은
아득히 멀리
비켜 가 버렸지만
가슴 뛰는 이 고동 소리는
널 잊지 못하는 그리움 한 줌
풀잎에 맺힌 이슬
아침햇살에 영롱하듯이
네 모습 내 안에 푸른 별이 되었네

커튼을 열면

눈가에 핀
싸늘한 서리꽃
안개수건에 말끔히 씻고
가는 별빛 사이로
겨울로 가는 마차에 올라
눈 쌓인 신작로 지나
산모퉁이 하나, 둘
돌아서 가면
눈에 선한 그리운 다소니
맨발로 달려와
가슴에 안길 것 같은데
꽁꽁 얼어붙은
은하수 다리 건너
그리움이 흐르는 창가에 서서
커튼을 열면
밤하늘 푸른 별들이
텅 빈 가슴 속으로 쏟아져 내린다

그 집 앞

담장 너머
하얀 목련이 핀
그 집 앞 지나 갈 때면
옛 생각에 저절로 발이 멈추고

어젯밤
그 집 앞 공원 벤치엔
보랏빛 등나무꽃향기 진동하였지요

그 꽃향기에 취해버린
희미한 달그림자
밤새도록 그 집 앞을 서성 거렸다오

매미

긴긴 어둠 속에서
인고의 허물 벗어 놓고
짧은 여름의
가파른 언덕에서
달콤한 감로주에 취해
솔바람 따라
향기로운 숲길을 걸어왔는데
잠깐의 만남은
이별을 향한 여정으로
잠 못 이루고 밤을 새워 울고 있구나

사리암 가는 길

가슴까지 젖는
깊고 푸른 하늘에 흠뻑 빠져
청량한 물소리 따라
솔향기 그윽한 오솔길을 걸어가면
계곡을 타고 싸늘한 바람이
얼굴을 할퀴지만
청아한 숲에는
천년 세월 이어온
휘파람새 노래 소리 들리고
일천팔 계단
가파른 사리암에 오르니
두둥실 흰 구름은
손닿을 듯 말 듯 가깝고
석벽 속 가부좌를 튼 나반존자가
인자한 미소로 반가이 맞아주는구나

망초꽃

강가에 앉아
덧없이 하늘을 보면·
먼 산 흰 구름 한가로운데
너는 핏빛 가슴
한 맺힌 절규 어이하고
파리한 옛 꿈 안고 먼 길 떠나갔노
두견이 울어
그리움 묻어나는 길가엔
하얀 옷 차려 입은 망초꽃도 피었는데

무상의 날개를 달고

어제는
깊은 늪의 사슬에서
달콤한 포도주의 유혹에 취해
저문 시계視界 너머로
안타깝게 흘러 보낸 세월 한 조각

별처럼 기웃거렸던
움푹 파인 시간위로 촛불 하나 켜놓고
엉킨 구름 속을 헤매어도
공허한 메아리만 생각을 더듬는다

눈가에 선한 날들은
망각이라는 쪽배에 실어 보내고
우화羽化의 변신으로
가난한 어깨에 무상의 날개를 달고
남아있는 하늘을 비상할 내일을 꿰맨다.

바람이 되어

비에 젖은 시간
붉은 노을에 걸어 놓고
깃털처럼
한 줄기 바람이 되어
온
하늘을 배회하다가
앙금의 찌꺼기 모두 비우고
허기진 내 영혼
순백의 날개를 입고
거물에 걸리지 않는 바람이 되리

바람 따라

인因과 연緣의
깊고 푸른 굴레 속에
인고의 날들은
고해의 시린 가슴에 묻어두고
망각의 시간에 머물다가
바람 따라 떠돌다 간
가지 끝에 바람을 찾아
윤회하듯 세월을 돌고, 돌아
바람 속을 달려가 봐도
잡힐 듯, 잡히지 않는 바람 때문에
휑하니 가슴에 바람만 불고
어둠이 내리는 길 모퉁이에는
파노라마처럼 스쳐가는
어디선가 본 듯한, 바람 속 낯선 환영들

가을 서정

가을걷이 끝난 들판에는
소국의 향기
자욱하게 흐르는데
이끼 낀 물방앗간 기슭에는
누구를 기다리는지
훌쩍 키만 커버린 은행나무 혼자 서있다

망각 속에 흔들어대는
갈대들의 춤사위
짝을 지어 나는 기러기 울음소리
사방이 온통 가을로 가득한데
여름의 무성했던 기억들
모두 벗고 떠나가면
별이 성근 하늘에는 초승달이 그네를 탄다.

통도사

영축산 허리 안고
피어나는 운무의 바다
노송 향기 따라
천년 고찰 통도사를 향하면
법당에 목탁소리
온갖 번뇌를 씻어주고
비취색 구룡연이
가슴을 서늘하게 적시누나
아~~
금강계단 진신사리
정기서린 불보사찰, 부처의 미소

우희

초패왕 애처
절세가인 우희는
오직 진솔한 사랑 하나로
모진 세월을 건너가려 했지만
초개같은 목숨
정절을 지키기 위해
천세에 한을 남긴 채
못 다한 사랑 안고
스스로 항우를 따라 떠나갔다
천년이 흐른 뒤
그 영혼 굴레를 벗어 놓고
우리 가슴, 가슴에
영롱하게 빛나는
사랑의 무지개다리를 걸어 놓았다.

이젠 네 즉흥곡에 현혹되지 않는다

네 교만과 탐욕에 눈먼
시들 줄 모르는 오만의 붉은 장미
가시를 탈속에 숨기고
깊고 날카로운 어둠으로 유린하면

나와 또 다른 나는
아득한 나락에서 넋을 잃고
내일을 앓는 성난 바다를 표류한다

이제 네가 연주하는
환락의 어설픈 즉흥곡은
회색 무덤가에 장송곡처럼 퍼지고
공허한 메아리로 남을 것이다

비오는 밤
길을 잃고 늪에 빠졌던
갈지자 젖은 발자국은 세월에 묻고

밤을 색칠하는 유성처럼
이름 없는 들꽃으로 피었다가 지자

나는
눈 쌓인 계곡에 핀 노란 설연화와
창을 때리는 빗소리와
노을에 젖은 황혼녘 강변의 정취
그리고 아가들의 맑은 웃음소리를 사랑한다.

빗소리

젖은 기억의 벽을 열면
멜랑콜리 한 샹송이
비 내리는 창가에 흘러내린다

물감처럼 번져가는
파노라마 속 고아高雅한 네 모습

그 날에 멈춘 시계視界는
이정표 없는 갈림길에서
짙은 안개에 그만 길을 잃고 말았지

손끝에 남아있는
흐릿해진 기억에 덧칠을 하여
못다 그린 그림을 그린다

동성로 수 다방
명성웨딩에 흐르던 체인징 파트너
그곳에서 나눈 무언의 언약

빗소리 창가에
수북이 쌓여가는 밤이면
나는 숱한 밤을 건너 네게로 간다

시간의 지느러미를 끌어안고
막다른 길목에 돌아서서
나를 묻어야만 했던 흐릿한 시간을 찾아

한해를 보내며

이제 달랑
한 장 남은 달력에
저문 한 해가 마지막 잎 새처럼
대롱대롱 매달려 있다

거친 들판
가파른 산길을 쉼 없이 달려와
깎아지른 벼랑 끝에 서서

저물어 가는 석양을 바라보며
아쉬움에 물든 한해를 뒤돌아본다

정초의 꿈은 뒹구는 낙엽처럼
그 빛을 잃고 초라하게 스러져 갔지만

새날 새해엔
무딘 날을 바로 세워
새로운 꿈을 가슴에 가득 품고
날개를 활짝 펴고 힘차게 한번 날아보자

시 평

어머님 영전靈前에 눈물로 사르는 시향詩香

어머님 영전靈前에 눈물로 사르는 시향詩香
—이문익 시집 『시는 세월을 그리다』 론

복재희
(시인·수필가·문학평론가)

1. 프롤로그 – 마른 가슴들이 쉬어갈 빈 의자

인생의 여정, 숱한 만남 속에 시간과 기억들을 긁어모아 시집을 상재하는 일이 용기였다고 밝히는 이문익 시인은 독자들의 마른 가슴에 들꽃처럼 피어나, 지나는 길 모롱이에서 잠깐 쉬어갈 수 있는 빈 의자 같은 시집이 되기를 바라면서, 묵묵히 마음을 보태준 아내에게 고맙다는 마음도 밝히고 또한 언제나 가슴깊이 자리하고 계시는 어머님의 영전에 시집을 바친다는 작가의 변으로 『시는 세월을 그리다』를 열어 보이는 서정시인이다.

필자가 시집을 일별一瞥하면서 느끼는 첫인상은 순 우리말에 애정을 지니고 작품 곳곳에 마침하게 앉히려는 열정이 상당한 시인이자 낙동강의 강줄기가 시의 태반을 이루며 어린 시절의 추억내지는 그리움이 용해된 정서가 시적골격으로 튼실하게 형성됨을 느끼게 한다.

한 권의 시집에는 그가 태어난 고향이라거나, 오늘을 살고 있는 표정 그리고 나이의 추이에 따라 사고의 층위層位가 감지되기에, 시인의 정신이 모두 투영되는 풍경화로 그려진다. 시는 결국 경험요소들을 수용하여 변형하고 변화로의 개입에 따라 마침내 개성이라는 특성을 그리는 자화상이 되는 것이기 때문이다. 이를 심리학적으로 경험의 변형이라 하는데 예술의 본질을 이루는 요건이 된다는 뜻이다.

시의 고향은 곧 정신의 고향을 의미할 수도 있다는 가정이 성립된다고 보면, 도시에 정치精緻한 모습이 그려지는 시에는 차갑고 이방異邦적인 정서가 자리 잡는다면, 어린 시절 농촌의 전원 정서에 익숙한 경험에서 빚어진 시는 식물성 정서 즉 푸른 숲과 꽃들과 강물이 흐르는 경치는 평생 떠나지 않고 마음을 지배하는 요소로 작동되어 오늘과 결합되기에 그 시인의 정신 풍경은 꾸밈없는 시적미감美感으로 다가온다. 이문익 시인이 그렇다. 시집 상재를 축하드리며 그의 지난했을 시적여정에 동참해 보자.

2. 순 우리말로 빚은 수작秀作

다소니 그리는 마음
잠 못 이루다가
설핏설핏 노루잠 속으로
살포시 왔다 가버린 그미 그림자

은가람에
윤슬처럼 흐르는 지난 날 이야기

애움길 너머
해거름에 꽃노을 피는 하늘 멀리
가을을 타는 참붉이 가슴

번놓고 맴도는
고추잠자리 나래에 띄워 보내고

늘솔길 거닐던
구름발치 너머로 멀어져간
가나른 하얀 얼굴
시나브로 다가오는 그미의 해맑은 하늘

-「가을 하늘」 전문

5연 15행으로 이뤄진 위 작품은 순 우리말로 빚어진 시어들이라 생경스럽지만 다감한 느낌이 서정시에 매력으로 다가오는 작품이다. 시론에 앞서 우리글과 말에 우수성을 짚어보고 가자.

이 세상에는 칠 천개이상의 언어가 존재하지만 문자는 그리 많지 않다. 유럽 권만 봐도 언어는 각기 다르지만 문자는 거의 로마문자나 약간 변형한 키릴문자를 사용하는데 한글과 달리 표현할 수 없는 음이 너무 많은 반면 전 세계에서 유일하게 소리를 발성기관의 모양으로 만든 '음소문자'인 한글은 누구나 쉽게 배우고 편리하게 사용할 수 있으며 표현할 수 없는 음이 전혀 없는 우수성을 지녔다. 더욱이 스무여 개의 글자여서 가장 디지털화한 문자로 세계적인 언어학자들도 감탄한다. 그러하기에 문맹률이 세계에서 가장 낮은 나라이기도 하다. 김소월의 〈진달래〉가 다른 나라 문자로 번역을 거치면 그 의미가 형편없어지는 것도 그들의 문자로는 다 표현하지 못하는 이유이다.

적어도 글을 쓰는 작가라면 아름다운 우리글과 우리말에 자긍심을 가지고 이문익 시인처럼 작품에 마침하게 앉히려는 지고한 애정이 필요하다 권하고 싶다.

위 작품에 1연은 사랑하는 사람(다소니)을 그리워하다 잠에 들지 못하고 자주 깨는 잠(노루잠)속으로 살포시 왔다가는 그녀(그미)를 표현했다면, 2연은 은은히 흐르는 강(온가람)에는, 물비늘로 반짝이는 강물(윤슬)에 지난날 이야기가 흐르고, 3연은 빙 둘러서 가는 멀고 굽은 길(에움길)너머 해가 서쪽으로 기울어 질 무렵(해거름) 꽃노을에 가을을 타서 진홍빛(참붉이)이 된 가슴을, 4연은 고추잠자리 나래에 띄워 보내고 5연은 언제나 솔솔바람이 부는 길(늘솔길)을 거닐던 그녀가 해맑은 가을 하늘이 되어 자신도 모르는 사이 조금씩 조금씩 (시나브로)다가온다는 하얀 얼굴의 그녀를 회상하며 탈고한 작품이다.

순 우리말로 빚어져서 수준 높은 독자들에 본이 되겠기에 진부한 감은 있지만 일일이 풀어내며 괄호를 접목했다. 시인이라면 순 우리말에 "한번은 열정을 쏟아볼 일이다"라고 권하면서 이문익 시인의 우리말 사랑에 엄지 척으로 화답하며 다음 작품은, 모진세월을 들꽃처럼 소박하게 살다 가신, 작가의 「어머니」를 만나보자.

모태의 고향이신 당신은
쓰디쓴 인고의 모질고 긴 세월을
오직 자식만을 위해
무거운 짐 가슴에 지고오신
밤하늘을 밝히는 이름 없는 별입니다

언제나 부드러운 음성에
온화하신 성품
들꽃처럼 소박하면서
단아한 기품이 넘치셨던 그 모습

어머니 당신은

세상에서 가장 정답고 소중한 이름입니다
생각만 하여도 사무치는 그리움에
금 새 눈시울이 붉어지고
한없는 회한으로
생전에 불효한 이 못난 자식이
어머니 영전에 꿇어 엎드려 용서를 구합니다

어머니~~!

오늘같이
가슴에 바람이 숭숭 부는 날이면
화를 내실 줄 모르는
당신의 자상하신 그 모습이
가슴 절절이 애타게 그리워 눈가에 이슬 맺힙니다

–「어머니」 전문

남성임에도 섬세한 표현을 구사한 시적재능은, 서정시의 상당한 영역을 선보이는 작품이라 하겠다.

우리들의 가난한 시절 어머니라는 이름은 언제나 가슴 밑동에 눈물로 남아있고, 엄격하셨던 아버지는 머리에만 남아 있다. 당신은 냉수 한 사발로 배를 채우셔도 오로지 자식 입에 넣어줄 맛 나는 음식을 장만하시느라 손발이 부르트도록 고생만 하신 어머니를 사무치게 그리워하는 작품이다.

이젠 밤하늘을 밝히는 이름 없는 별이 되신 어머님은 온화하신 성품이셨으며 단아하신 기품까지 겸비하신 작가의 어머님을 독자들은 내 어머니도 그런 분이셨다는 모정을 일으켜 공감대를 형성하는 작품이다. 더욱이 "화를 내실 줄 모르는" 분이라는 대목에선 작가의 어머님이 정녕 화를 내실 줄 모르는 것이 아니라 안으로 안으로만 삭히신 인고의 단아함을 엿 볼 수 있는 대목이라 하겠다. 마지막 연에서 "가슴에 바람이 숭숭 부는 날이면" 가슴 절절이 어머님이 그리워 눈가에 이슬이 맺힌다는 표현에서 여자는 눈물로 울지만 남자는 가슴으로 운다는 말처럼, 시인의 가슴에 "바람이 숭숭 부는 날"이란 표현은 독자로 하여금 가늠하기 어려운 작가의 무거운 심리상태를 상상하게 하는, 상당한 시적훈습이 가져다 준 언어의 연금술이라 느껴진다. 그 어머니의 선한 유전자로 지금의 이문익 시인의 태생적 시인의 면모가 확립된 것이라 유추된다. 불효한 못난 자식이란 표현은 화수분과 같은 신의 영역인 어머님의 사랑에 어느 자식인들 불효가 아닐 수 없다는 위무慰撫를 전하면서, 삼가 어머님의 명복을 빌면서 아들의 문운을 밝혀 주시리라 믿으며 2부 작품을 만난다.

지면상 다 선보일 순 없지만 1부 작품 한 편 한편이 주옥같이 순수하고 정제된 작품이라서 독자들에게 깊은 감동으로 다가가리라는 기쁨이 인다.

3. 그미, 희야를 만나고 싶다.

내 이름 기억하고 있을까
아득한 세월 따라
벌써 까맣게 잊어버렸을 거야

수 십 년이
훌쩍 지나 가 버렸는데
그래도 가슴에 품고 있을지 몰라

바람이 불고
그리움이 여울지는 날이면
내 생각에 잠겨있지는 않을까

어느 하늘 아래서
아무 탈 없이 행복하게
잘 살고 있기를 바라고 있겠지

지금 만나면 그 모습이
조금은 남아 있을까
한 눈에 알아볼 수는 있는 걸까

피안의 언덕 넘기 전에
꿈꾸어 온 해후가 이루어질까

하루 또 하루가 살 같아
가슴엔 바람이 불고
귓가엔 횅한 소리만 스쳐 가는데

-「희姬야」 전문

사랑이라는 이름을 논리적으로 해법을 삼는다면 이는 사랑을 모르는 일일 것이다. 어느 순간에 다가와서 기쁨을 만들고 또 슬픔을 만들면서도 애태우는 그리움으로 사랑을 아파하는 일이라면 사랑은 단순한 선택이 아니라 숙명적인 그림자일 뿐이다. 작품 「희姬야」는 시제에서 주는 느낌이 황순원의 '소나기'를 연상케 하는 ―어릴 적 동심이 어리는 사랑스런 이름으로 다가온다.

작품 안에서 '희야'가 누구인가는 중요한 요소가 아니다. 시적 애매성曖昧性에 대입하면 '희야'는 그 누구도 될 수가 있기 때문이다. 단지 이문익 시인이 빚어낸 시적기교를 들여다 볼 일이다. "내 이름 기억하고 있을까"로 첫 행을 여는 시적센스도 매력적이지만, 당연히 기억하고 있을 거라는 숨겨진 의미로 다가와 독자에게 들켜지는 사랑스런 발상이 역력하다. 그 증명으로 "벌써 까맣게 잊어버렸을 거야"라고 해 놓고 2연에서 "그래도 가슴에 품고 있을지 몰라"라며 당연히 기억하고 있다는 속내를 보이게 되는 맛깔스런 재치를 보인다. 누구나 다 가는 그 곳 '피안의 언덕'을 넘기 전에 꿈꾸어 온 해후가 이루어지기를 염원하는 순수한 기도가 —단테가 베아트리체를 '신곡'에 대입해서라도 만났듯, 해후가 꼭 이루어지기를 독자는 마음을 모아주리라 생각된다.

빗나가는 설說 일진 몰라도 남자는 마음에 방이 하나있어 그리운 대상을 잊지 못하지만 여자의 마음엔 여러 개의 방이 있어 다른 사랑으로 치유한다니, 다만 시적 표현으로 백지 위에서만 양껏 자위自慰하시고 현실에선 현실을 직시하시길 권하면서 "희야!, 밥 묵자!" 어릴 적 필자를 부르시던 어무이 음성이 생각나는 작품이라 더 정겹다는 소견을 밝히면서 이문익 시인의 시적여정에 문운이 환하리라 믿으며 다음 작품「그리움 1」을 만나보자.

내 가슴엔
삼단같이 넘실거리는
보리밭의 초록 물결이 일렁인다

그곳에는
긴 머릿결을 흩날리며
고운 미소를 짓던
소녀가 나를 바라보며 웃고 있고

푸른 하늘에는
두둥실 떠가는 흰 구름이
멀리 높은 산을 평화로이 넘는다

보리밭 샛길 따라
재잘거리는 도랑에 손을 담그면

마음은 어느새
사춘기 소년으로 돌아가
어릴 적 동무들이 여기저기서
숨바꼭질 하듯 달려 나와 동심에 젖는다

내 가슴엔
노을 지는 황혼녘에
산과 들판을 가로 지르며
금빛 햇살을 머금고
여울지는 시냇물이 노래하며 흐른다

그 시냇가에 앉아
조약돌로 물수제비를 만들면
함박웃음을 웃던 소녀가
금방이라도 달려 나올 것 같은데

어둠이 내리는 냇가엔
고즈넉한 그리움이
미루나무 가지 끝에 앉아 바람에 흔들린다.

– 「그리움 1」 전문

비교적 장시長詩에 속하는 8연 28행인 작품이다. 장시는 자칫 꼬리를 잡히기가 쉽다. 시詩는 설명이 아니라 독자 나름의 지적수준 앞에 감동이라는 느낌으로 전달되어야하기 때문에 지나친 형용사는 화사첨족畵蛇添足이 될 수 있기 때문이다.

1연에서 보리밭을 표현하면서 "삼단같이 넘실거리는/ 보리밭의 초록 물결이 일렁인다"를 보자면 '삼단'은 뽕나무 과에 속하는 풀로서 껍질에서 채취한 긴 섬유질을 묶은 단으로, 숱이 많고 풍성한 흔들림을 연상하게 하는 대목이다. 보리밭하면 이미 독자들은 푸른 물결을 연상하기 때문에 겹치는 흔들림으로 과한 표현이 되는 셈이다.

(푸른)하늘, (노을 지는)황혼녘, (금빛)햇살, (여울지는)시냇물 등의 형용사는 독자들로 하여금 상상의 나래를 한정해 버리는 결과를 초래하지만, 촉수가 예민한 서정시인들조차 거개 놓치는 점이라 기록해 둔다.

위 작품은 한 연씩 떼어놓아도 수채화로 다가오는 동심으로의 초대가 가슴을 따뜻하게 만드는 서정미의 극을 달린다.

시냇가에서 물수제비 뜨는 사춘기 소년과 긴 머릿결을 지닌 하얀 소녀의 순수한 추억의 시간들이 파노라마 전개되면서, 어둠이 내리는 냇가에서 그리운 동심이 시의 종자가 되어 빚어진 작품이다. 마지막 연에서 "어둠이 내리는 냇가엔/ 고즈넉한 그리움이/ 미루나무 가지 끝에 앉아 바람에 흔들린다" 라며 작가의 실루엣을 연상케 하며 마침표를 찍은 작품이다. 시詩는 언제나 수정이 불가피한 본

성을 지녔기에 마침표는 생략하는 것이라 권하면서 천생 서정시인이신 이문익 작가의 시적 여정이 탄탄하리라는 찬사를 보내며 다음 작품을 만나보자.

4. 아카시아 향기는 바람에 날리고

시詩는 인간의 가슴에 절실하게 고인 물을 퍼내는 일이지 메마른 물을 퍼 올리는 소일거리가 아니다. 한 사람의 시인은 우주가 만들어내는 일일뿐만 아니라 그 소리는 무한의 자연의 소리와 인간사 내면의 소리를 감당하고 있다는 점에서 시인은 창조자라는 헌사를 받는 자 들이다. 문학의 모든 장르에서 시가 가장 앞자리를 점하는 이유이기도 하다. 시인이란 이름은 인생을 성실하게 살아가겠다는 가슴들의 몫일 뿐 아니라 인생의 깊이에 도달하기를 갈망하는 정신의 함량이 무겁지 않고서는 어려운 점이 내재한다. 한 편의 작품을 완성하기 위해서는 숱한 밤을 샐 줄 알아야하고 수많은 백지와의 시간을 소비한 뒤라야 비로소 한편의 득의得意로운 작품이 탄생할 수 있는 사실에서 시는 단기短期에 완성되는 작업이 아니기에 작가의 지난한 고통이 수반된 한 권의 시집을 우리나라의 잘못된 문화적 인습으로 "그저 받는 것이 아니라" 피로 쓴 옥고를 높이 치하하면서 "마음을 전하고 받아야한다"는 기본예의를 이 지면을 통해 전하고 싶음이다. 더욱이 이문익 시인은 자신을 천둥벌거숭이 나신이어도 좋다는 각오로 상제된 귀한 옥고이기에 지난했을 시적여정을 부추겨 축하해줄 일이라 밝혀둔다. 다음 작품 「봄이 오는 소리」로 청각미를 맛보자.

빗소리
봄이 오는 소리
귀 기울여 들어보면
냇가에
버들강아지 물오르는 소리
옆집 순이
수줍은 첫사랑에
콩닥콩닥 가슴 뛰는 소리
달 밝은 밤
강 건너 물레방앗간
소곤소곤 속삭이는 소리
낼, 모레
시집가는 꽃분이 콧노래 소리
뒷집 노총각 잠 못 이루는 한숨 소리

-「봄이 오는 소리」 전문

생명이 약동하는 봄은 깨어남이자 시작이면서 겨우내 추위에 움츠렸던 에너지가 발산되는 삶에 희망적인 개념을 형성하는 이름이다. 이문익 시인은 봄을 소리로 보여준다. "버들강아지 물오르는 소리" "첫사랑에 콩닥콩닥 가슴 뛰는 소리" "물레방앗간 소곤소곤 속삭이는 소리" "시집가는 꽃분이 콧노래 소리" "뒷집 노총각 잠 못 이루는 한숨 소리" 가 봄이라고 작가는 노래한다. 거개 서정시인들이 봄을 시종자로 삼으면서 시각미를 자극하며 보여지는 꽃을 노래하는 경향으로 본다면 위 작품은 독자의 가슴을 뛰게 하는 상당한 매력을 선사하는 청각미로 장식된 수작이라 하겠다. 시는 설명이 아니라 정서를 자극하는 감동이라 대입해 보면 위 작품은 봄의 전령사인, 버들강아지 '고요한 물오름 소리' 첫사랑에 '콩닥콩닥 가슴 뛰는 소리' 물레방앗간 소곤소곤 '속삭이는 소리' 시집가는 꽃분이 '콧노래 소리' 뒷집총각 잠 못 이루는 '한숨 소리'로 독자들의 귀를 행복하게 하면서 가슴까지 따뜻해지는 서정시의 시적장치가 완벽하다 하겠다. 사족 없이 1연으로 구성된 위 작품은 독자들에게 사랑 받기에 충분하다 하겠다.

아카시아
맑고 달콤한 향기는
오월의 신록 따라 흩날리고

내 마음에 핀

그리움의 하얀 꽃송이
아카시아 꽃잎처럼 바람에 날리네

아, 아
무심한 세월은 돛대도 삿대도 없이
구름에 달 가듯 흐르는데

가슴에 고인 깊고 푸른 이 그리움
낮달이 흐르는 강물에 띄우면

눈 감아도 일렁이는
내 안에 가득한 그 모습
아카시아 향기처럼 바람에 날리네

–「아카시아 향기는 바람에 날리고」 전문

시詩는 시일 뿐, 사람과 결부시키는 것은 모순일지 모른다. 그러나 시는 인간이 쓰는 글이라는 점에서 그의 인격과 분리되는 이유를 찾기는 힘 들 수도 있다. 이런 논리는 뷔퐁이 말한 "글은 사람이다"라는 의미와 일치점을 형성하기 때문이다. 확실한 진실은, 시는 인격을 나타내는 나침반은 아니라는 점이다. 왜냐하면 시詩는, 낯설게 하기라는 표현의 기법으로 위장하는 표현미를 내포하여 탄생되기 때문이다. 이는 신선함을 위한 몫일지라도 시는 있는 그대로 표현하는 리얼리티와는 다른 입장을 갖는다. 그럼에도 온갖 장치를 동원한 시詩는 궁극적으로는 시인자신을 말하는 고백의 도구에 불과하다는 결론 앞에서 시는 곧 인격이라는 말에 긍정을 보내야만 한다. 물론 고매한 인격을 갖추었다 해서 최상의 시를 쓸 수 있는 공식은 없다. 해외 작가들(사르트르, 뷔용 등)을 보더라도 사기꾼이요 변태 성욕자들의 감옥에서 쓴 작품들이 깃발을 치켜세운 예로 비추어, 오히려 저급한 인격을 갖춘 자라 할지라도 감동의 시를 쓰는 경우는 있을 수 있지만 동서고금을 막론하고 깊은 인격과 사상을 갖추었을 때 작품의 빛은 시간을 극복하는 요소가 될 수 있음은 자명한 사실이다.

이문익 시인의 시의 기저가 사랑을 그리는 그리움이요, 잊지 못하는 그녀라고 해서 그의 삶 전반이 그렇게 작동되는 것은 아니란 점이다. 단지 서정시의 어머니 손맛 같은 감동을 도출해 내는 작가의 서정시적 능력이라 이해하면 되겠다. 시는 작가가 쓰지만 그 주인은 독자이기에 시인은 자신을 겸손한 자리에 내려놓고 감동으로 전달되어야하는 시의 본성을 살렸다고 이해하면 되겠다.

5. 네 기억 속에 걸터앉아

낯선
교차로에서 방황하는

나를 되찾아
어둠에
익숙해져버린 나의 노래는
서풍에 실어 보내고
시원詩原의
맑고 푸른 바다에 덤벙 뛰어들어
하얗게 밀려왔다
부서지는 파도를 베고 누워
뭉게구름 피는 하늘을
붉게 물들이는 노을 속으로
하얀 돛단배 타고 유영하고 싶다

네 기억 속에 걸터앉아

–「네 기억 속에 걸터앉아」 전문

시인은 저마다 자기 시의 영혼에 정갈하고 순수한 의상을 걸치고 세상에 풍미風味하기를 염원하면서 시를 창작한다. 왜냐하면 시는 인간이 창조하는 가장 순정純情한 정서의 결과물이기 때문이다. 시인의 감정은 언제나 환경에 적응하거나 때로는 대척점에서 항상 어지러운 시간을 만나면서 정화淨化의 길을 나서는 나그네이기 때문이다. 다시 말해 나그네의 행로에 서 있는 고독한 존재가 시인의 운명이기 때문이다.

어지러운 세상을 살아가는 시인에게 시는 종교를 대신하는, 뗄 수 없는 필연이기 때문이다. 이문익 시인의 시적 영혼도 그렇다. 위 작품에 표현된 방황하는 나를 찾는 성찰에서도 느낄 수 있는 대목이다. 눅눅한 영혼은 서풍에 날리고 시원詩原으로 철석거리는 바다에 덤벙 뛰어 들어 유영하고 싶다는 메타포가 상당히 삽상颯爽하게 전해 온다. 더욱이 위 작품에서 시적매력이 돋보이는 대목은 마지막 표현이다. "네 기억 속에 걸터앉아" 라는 시구를 따로 떼어내어 마지막 한 행으로 처리한 기교이다.

예를 들어 "네 기억 속에 걸터앉아" 라는 시구를 맨 첫 행에 두었다고 가정해 보자. 나머지 멋진 시어들이 모두 잠식당하는 결과를 초래했을 것이다. 마지막 행에 앉혀서 임팩트로 처리했기에 전체를 받쳐주는 골격이 되었음을 알 수 있다. 이런 작품은 시론을 쓰는 필자에게도 큰 기쁨의 원천이 된다. 같은 매력을 지닌 작품을 소개하고 다음 작품을 만나보자.

내 마음 조각배
은파에 그리움 싣고
그대라는 강물로 흘러갑니다

생각을 따라
달빛 호젓한 숲길을 지나

불 꺼진 그대 창가에 서있습니다

그리운 이여~!

오솔길 따라
솔밭사이로 별빛 내리고
실개천이 속살거리는
만추 속으로 함께 걸어가지 않을래요

우리 잃어버린 시간을 찾아서

-「그대 생각」 전문

6. 이제 네 즉흥곡에 현혹되지 않는다

시는 말로 설명하는 것이 아니고 다가오는 이미지의 느낌을 지녀야 한다면 아마도 이문익 시인의 시적재능은 아름다움 위에 순백의 느낌을 배가하는 점이 훌륭한 시적 기교라 설득될 것이다. 5부로 구성된 이문익 시인의 시집 「시는 세월을 그리다」에서 4부 까지는 어느 대상에 의한 흔들림이었다면 이제 5부의 마무리 작품은 어둠으로 유린되던 막을 걷어내고 마라톤으로 자신과의 치열한 싸움을 하며 갈지자걸음을 재정비하여 고아한 자리를 찾아가는 시적 행로에서 안간힘으로 거듭나려는 영혼을 만나게 되는 변화를 감지하게 된다. 작품 속에서 작가의 비상을 만나보자.

네 교만과 탐욕에 눈먼
시들 줄 모르는 오만의 붉은 장미
가시를 탈속에 숨기고
깊고 날카로운 어둠으로 유린하면

나와 또 다른 나는
아득한 나락에서 넋을 잃고
내일을 잃는 성난 바다를 표류한다

이제 네가 연주하는
환락의 어설픈 즉흥곡은
회색 무덤가에 장송곡처럼 퍼지고
공허한 메아리로 남을 것이다

비오는 밤
길을 잃고 늪에 빠졌던
갈지자 젖은 발자국은 세월에 묻고

밤을 색칠하는 유성처럼
이름 없는 들꽃으로 피었다가 지자

나는
눈 쌓인 계곡에 핀 노란 설연화와
창을 때리는 빗소리와
노을에 젖은 황혼녘 강변의 정취
그리고 아가들의 맑은 웃음소리를 사랑한다

-「이젠 네 즉흥곡에 현혹되지 않는다」 전문

시詩를 쓰는 일은 궁극적으로는 자기를 찾는 일이면서 자기로 돌아오는 길을 묻고 또 찾아가는 일인 것이다. 나를 알면 우주를 감득感得하는 일이고, 나를 발견하면 깨우침의 입구에 들어간 것이기 때문이다. 왜냐하면 나는 곧 우주이면서 존재의 모두를 내포하고 있기 때문이다. 내가 있으면 세계가 있게 되고, 내가 없으면 세계는 존재하지 않는다는 이치 앞에 방황하면서 미로를 헤매는 일이 인간사라면, 자신을 똑바로 응시하는 자화상은 시인의 지녀야 할 중요한 덕목이 아닐 수 없다. 이 점을 이문익 시인도 답파하고 있기에 "이제 네가 연주하는/ 환락의 어설픈 즉흥곡은/ 회색 무덤가에 장송곡처럼 퍼지고/ 공허한 메아리로 남을 것이다" 라며 교만과 탐욕적 유린에서 벗어나는 승리의 메시지를 전해 준다. 힘겨운 자신과의 싸움에서 승리한 시적 마라토너로 거듭남을 암시하는 대목이다. 이젠 "갈지자 젖은 발자국은 세월에 묻고 나는/ 눈 쌓인 계곡에 핀 노란 설연화와/ 창을 때리는 빗소리와/ 노을에 젖은 황혼녘 강변의 정취/ 그리고 아가들의 맑은 웃음소리를 사랑한다"는 시어는 고요하지만 사자의 포효처럼 울림이 상당한 감동으로 다가온다. 내안에 다른 나와의 싸움에서 승리한 시인의 다음 시집이 기대되는 이유이기도 하다.

7. 에필로그

시는 시를 쓴 시인과 등식이 일치하는 예가 많다. 이문익 시인을 필자는

알지 못하지만 그의 옥고에서 전해오는, 아늑하고도 섬세하며 부드럽다는 느낌은 아마도 시인이 지닌 성정이 아닐까 유추된다. 더욱이 이문익 시인의 시는 번뜩이는 지혜로 부풀리기보다는 안정된 인상과 순수한 감수성을 만나게 되어 친화적이고 다감성의 강물이 가슴으로 흘러들어오는 매력이 그의 시적 특질이다. 이는 꾸며서 나오는 감성이 아니라 타고난 인자因子에 의한 자연스런 발상이어서 작품 한 수 마다 투명하면서도 순수를 지켜내는 에너지가 오롯이 전달되는 시어들은 독자로 하여금 내면의 불순물을 정화하는 헌신의 시적 키 높이가 우뚝하다는 인정을 확보하기에 충분하다 하겠다. 이문익 시는 정적靜的이고 라이브하면서 유연한 감수성이 조미료가 되어 시의

맛깔이 그윽하고 깊다. 그의 시적여정에 문운이 환하리라는 것은 더 거론할 필요가 없겠다. 한마디로 이문익 시인의 시는 고아高雅하다.